El baúl de los MONSTRUOS

El hombre del saco

Enric Lluch / Miguel Ángel Díez

ALgaR
EDITORIAL

El hombre del saco viajaba
en tren.
Un día llegó a un pueblo
en el que había niños
traviesos.
–Mmm... ¡Los mejores para
meter en el saco!

Un hombre bigotudo se lo confirmó:

—Hacen mil travesuras, nunca tienen sueño y no quieren comer.

El hombre del saco se puso muy contento.

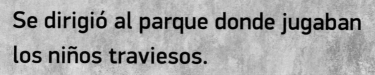

Se dirigió al parque donde jugaban
los niños traviesos.

–Vamos a casa a cenar y a dormir –les
decían sus padres.

–¡No, no y no! –contestaban los
niños.

El hombre del saco los cogió del
pescuezo y los puso, uno a uno,
dentro del saco.

—Ya tengo comida para tres días —dijo
satisfecho.

Pero antes de comerse a las
criaturas quería engordarlas.
Por eso preparó un caldero lleno
de comida.

–Estáis muy delgados... ¡Vamos,
todos a cenar! –ordenó.

Mientras tanto, los padres
fueron a hablar con el alcalde:
—¡El hombre del saco se ha
llevado a nuestros hijos!
Enseguida se pusieron a buscar
a los niños.

Como los niños no querían comer
del caldero, el hombre del saco se
acercó a un bar y pidió:
—¡Póngame cien bocadillos
variados, deprisa!

Pero los niños tampoco querían bocadillos.

Por eso el hombre del saco puso cara de miedo y los niños comenzaron a comer sin rechistar.

Los padres, al fin, encontraron la casa y observaron que los niños se zampaban los bocadillos:
—¡Milagro! ¡Comen sin protestar!

Después de cenar, los niños
intentaron hacer diabluras.
Así que el hombre del saco volvió a
ponerse serio:
—¡Quien haga una trastada comerá
hasta que reviente!

Después de cantar tres nanas, el
hombre del saco ordenó:
—¡A dormir! Y quien proteste, comerá
hasta que explote.
Los padres lo veían y no se lo podían
creer.

Los padres pidieron al hombre del saco que se quedara.

—No, gracias, no. Busco niños más gordetes.

Sin dudarlo, se montó en el tren y nunca regresó.

El baúl de los MONSTRUOS

El hombre del saco

Pájaro carroñero. Compañero de aventuras y socio del hombre del saco.

Hombre del saco. Especie: saco total. Subespecie: cosido de arriba abajo.

Abrigo antiguo para impresionar.

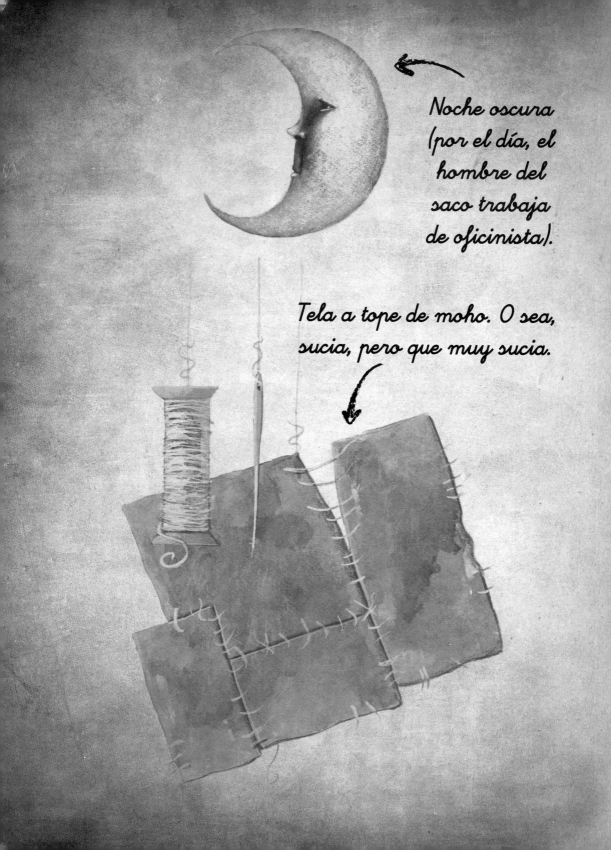

Noche oscura (por el día, el hombre del saco trabaja de oficinista).

Tela a tope de moho. O sea, sucia, pero que muy sucia.

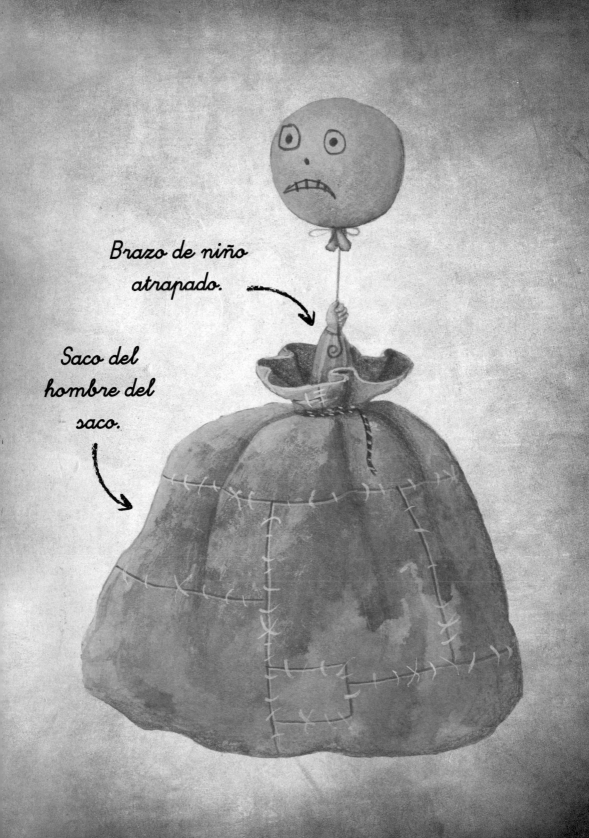

Brazo de niño atrapado.

Saco del hombre del saco.

Licencia editorial por cesión de Edicions Bromera, SL (www.bromera.com)

© Textos: Enric Lluch Girbés, 2010
© Dibujos: Miguel Ángel Díez Navarro, 2010
© De esta edición: Algar editorial
   Apartado de correos 225
   46600-Alzira
   www.algareditorial.com
Diseño de la colección: Pere Fuster
Impresión: IGE

1ª edición: octubre, 2010
ISBN: 978-84-9845-176-4
DL: V-3365-2010